박기훈
시집

나는
내가
좋다

맑은샘

나는 내가 좋다

초판 1쇄 인쇄 2018년 11월 02일
초판 1쇄 발행 2018년 11월 09일
지은이 박기훈
그림 윤선영

펴낸이 김양수
편집·디자인 이정은
교정교열 박순옥

펴낸곳 도서출판 맑은샘
출판등록 제2012-000035
주소 경기도 고양시 일산서구 중앙로 1456(주엽동) 서현프라자 604호
전화 031) 906-5006
팩스 031) 906-5079
홈페이지 www.booksam.kr
블로그 http://blog.naver.com/okbook1234
이메일 okbook1234@naver.com

ISBN 979-11-5778-344-1 (03800)

시집을 내면서

'철이 든다'는 말이 있다. 철이 든다는 것이 무슨 의미인지 지금은 알고 있다.

인간은 두 번 태어난다고 한다. 한 번은 어머니 몸에서, 또 한 번은 하나님을 믿으면서 다시 태어난다.

마흔넷의 나이에 하나님을 확신하게 되었다. 난 그때 철이 들었다고 생각한다. 사람은 가슴 속에 채워지지 않는 말할 수 없는 공허함이 늘 있는데 철이 들면서 그 공허함이 점점 충족되고 있음을 느낀다. 그러던 중 주위에서 시를 한 번 써보라는 권유를 받고 용기를 얻어 2012년부터 시를 쓰기 시작했다. 한마디 말의 중요성을 깨닫게 되면서 나는 과연 한마디 말로 사람을 격려하고 용기를 주었는지 많은 반성을 하였다. 시를 조금씩 써 나가면서 내 안의 고민과 반성에서 차츰 벗어나 내 밖의 젊은 이와 사회를 바라보게 되었다. 아직은 내 안에 많이 머물고 있지만, 시를 통해 한마디 말로 용기를 주는 삶을 살고 싶어졌다. 시를 쓰면서 혼자서 웃기도 하였고 때로는 엉엉 울기도 했다. 아마 시를 쓰는 모든 분이 공통적으로 느끼는 감정일 것이다.

사실 시를 쓰는 것은 어쩌면 내겐 사치였다. 시는 정말 가끔 입어 보는 나들이옷과도 같았다. 그러한 생각의 벽을 허문 것은 2017년에 월간 창조문예에 부족한 시로 등단한 일이었고, 그것을 계기로 시가 재미있어졌고 시를 더 쓰게 되었다. 어떤 때는 기차를 타면 시가 저절로 떠올랐다. 그래서 지난여름, 무작정 기차를 타고 오직 시만을 생각했지만, 허탕을 쳤다. 시는 의지로 쓰는 것이 아니라 내 마음에 오는 것이라는 것을 그때 깨닫게 되었다.

이제 부끄러운 시를 모아 시집을 내게 되었다. 그동안 쓴 시를 정리하다보니 내 안에서 커지는 것은 '나에 대한 사랑'과 '타인에 대한 관심'임을 깨닫게 되었다.

앞으로 시를 통해 하나님이 창조한 이 세상을 아름답게 그리고 따뜻하게 표현하고 싶다. 첫 시집이라 부족하지만, 한편으론 가슴이 설렌다.

끝으로 등단시인의 길로 인도해 주신 시인 김용희 님, 그리고 등단 추천을 해주신 시인 박이도 님께 진심으로 감사드린다. 시를 쓸 때마다 늘 평을 해주었던 아내와 딸에게도 고마움을 전하며 부족한 이 시집을 바친다.

시집이 나오는 모든 과정에 함께해 주신 하나님께 감사드린다.

2018년 11월
박기훈

차례

PART 1

나 를   찾 아 서

나는 나

네가 뭐라 하든 나는 나이고 싶다
내가 나여야만 살 것 같아

정해진 기준만이 정답이 아니라고 말해 줘
늘 그래왔기에 나도 그래야 한다고 말하지 마

힘들 땐 쉬어갈 거야
마음에 힘이 나면 그때 일어서도 돼

하늘을 보고 활짝 웃고 싶어
내가 나일 때 가장 나다울 거야

이제는 나는 나야
세상의 단 하나 나는 나이기 때문이지

이런 나

괜찮아!
너만 그런 게 아니야

똑같아!
사람은 다 약하다

누구도 몰라!
삶의 정답은 없어

화가 난다고!
그래도 살짝 웃어 주자

뭘 걱정해!
네 힘으로 여기까지 온 것도 아닌데

눈을 감아!
이런 나도 사랑한다고 말해 줘

훈계시간

말하지 않았다
말하지 않아도 알았다

초점 잃은 시선
힘없이 떨군 머리

영원처럼 느껴지는 침묵
새까만 적막만이 산처럼 누른다

마른침 겨우겨우 삼키며
멈춰버린 시계 멍하니 바라본다

내 마음에 비

꽃밭에 비가 와요
꽃들이 몸을 흔들며 웃고 있어요

메마른 땅에 비가 와요
쩍쩍 벌어진 땅이 입을 벌린 것 같아요

내 마음에 비가 와요
그런데 그런데 왠지 슬퍼요

내 눈에서도 비가 내려요
가슴이 막힌 듯 아파요

꽃밭에 내리는 비처럼
메마른 땅 적시는 비처럼

마음에 내리는 비도
가뭄을 해갈하는, 아픔을 치유하는
은혜의 단비가 언젠가는 되겠지요!

결단(決斷)

길을 걷다
두 갈래 길을 만난다

지금 이 시간
목적지가 분명할 때
두 갈래 길은 나를 주저하게 하지 않는다

그런데
마음속 번민 속에서
때로는 유혹 속에서

두 갈래 길을 만났을 때
나는 주저하게 된다

어떤 길이 가야 할 길인지
어떤 길이 가지 말아야 할 길인지
나는 안다

그런데 주저한다
망설인다
그리고
그리고는
후회막심한 선택을 하기도 한다

그런데
오늘 내 앞에 두 갈래 길이 또 놓여있다
도대체 몇천 번, 몇만 번인가!

조용히 눈을 감아 본다
심장 뛰는 소리만이 암흑 속에서 아련하게 들려온다

너는 어떤 길을 갈 것인가?
이렇게 다시금 반문하는 오늘

그가 인도하는 길

그 길을 결단코 가리라

삶의 목적지는 오직 한 곳이 아니던가!

너와 나

너와 나는 다르다
키도 다르고 얼굴도 다르다

거울 속에 비친 너와 나를 본다

거울 속에 비친 너와 나
너는 내가 될 수 없고 나는 네가 될 수 없다

거친 피부와 갈라진 너의 손
거울 속에 비친 네가 밉고 부끄럽기도 했다
나를 잊었기에 거칠어진 피부와 갈라진 너의 손

너의 마음에는 우리가 있고
나의 마음에는 내가 있었다

거울을 본다
나의 얼굴이 너를 본다

거울을 본다
너의 얼굴이 나를 본다

내가 너이고 네가 나이다
너의 모습이 나의 모습이고 나의 모습이 너의 모습이다
거친 피부와 갈라진 너의 손, 이제는 내 손이 되었다

계단을 오르며

무심코 계단을 올라간다
한 계단 한 계단

문득 올려다본 계단의 끝
보이지 않던 저 너머 모습이
한 계단 오른 만큼 보인다

한 계단 더 오르면
어떤 모습 어떤 풍경이 기다리고 있을까!

줄어드는 계단만큼
커져가는 새로운 풍경
설레이는 가슴!

인생 또한 이러한 모습일까?
한 살 더 올라가면 삶의 저 너머 모습이
한 살 오른 만큼 보일까?

계단을 오른 만큼 저 너머 모습 나타나듯

새로운 두근거림으로 인생의 계단에 발을 디뎌본다

내가 가는 곳 저 너머 모습은

차이를 아시나요?

겸손과 비굴

당당함과 교만

성공과 실패

순종과 굴종

사랑과 질투

사랑과 훈계

앎과 모름

용기와 무모함

유능과 무능

인내와 결단

적당함과 과함

절망과 희망

절제와 방탕

지혜와 지식

충고와 비난

각각의 끝은 어디인가요?

각각의 시작은 어디서부터인가요?

눈을 똥그랗게 뜨고

눈을 똥그랗게 뜨고 보니
나는 사라지고 이웃이 나타나네

눈을 똥그랗게 뜨고 사람을 보니
움츠려진 저 안에 숨겨진 보석 있네

눈을 똥그랗게 뜨고 주위를 보니
도움 필요한 사람 꼭꼭 숨어있네

눈을 똥그랗게 뜨고 세상을 보니
시들은 꽃처럼 빛 잃은 희망들 있네

눈을 똥그랗게 뜨고 세상을 향해
민들레 홀씨처럼 사방으로 날아가리

똥그랗게 뜬 눈
참 아름답다!

어느 날 깨달은 것

잘못했다 잘못했다 잘못했다
몇천 번을 더 말해야 하나

잘못했단 말 속 깊은 곳
웅크린 분노

얇은 노력을 보란 듯이 뚫고
하늘 끝 닿을 듯 치솟은 폭발

모든 것 쓸어버릴 거대한 객기
증발해 버린 수만 번의 말들

아침이 오듯 찾아오는 적막한 후회
어지럽게 널브러진 습관의 처절함

증발된 말은 비구름이 되어
다시 비가 되어 삶 위로 떨어진다

늘 나만
왜 나만

그런 줄 알았던 그 모든 것
누구나 그런 것을 알게 된 후

내 모습에 가만히 손을 댄다
많이 힘들었지!

이제는
이런 나도 사랑하리라

나답게

잘했든 못했든 끝났다
잘났건 못났건 정해졌다

지난 것에 붙잡혀
정해진 것에 얽매여

우물쭈물하지 말자
어느덧 해는 질 것이다

두 발로 설 힘이 있다면
누군가도 도울 기회가 있는 것

이를 악물지도 말자
찡그릴 필요도 없다

있는 그대로
나답게 다시 서는 것이다

한마디 말

툭 던져진 씨앗이 뿌리를 내려
무성하게 자라듯

마음에 뿌려진 말 한마디
깊이깊이 파고들어

어느새 생각과 사지(四肢)를 움켜쥐고
그 말대로 생각하고 그 말대로 움직인다

어쩌면 무심코 던진 말일지 모르는
잊어도 벌써 잊혀질 말 한마디가

또렷한 사진이 되고
지친 몸을 이끄는 날개로 변한다.

민들레 홀씨처럼 가벼운 말 한마디일지라도
살아서 움직일 말 한마디

조심스럽게 정성스럽게

곰곰이 빚어야 할 말 한마디

귀한 나

아픔과 상처로 넘어지고
또 넘어져 모든 것 잃은 듯

힘없이 눈을 감고
닫아버린 암담한 현실

분주히 움직이는 세상은 딴 세상
멈춰버린 시간

아득한 곳에서 들려오는 소리
우리 아기 어디서 왔나!
우리 아기 어디서 왔나!

생글생글 웃고 있는
엄마의 환한 얼굴

착한 아기!
귀한 아기!

점점 커지는 단비 같은 소리
자명종 소리에 놀란 듯
어둠을 쫓아내고 세상을 본다

적어도 귀하다
낮아도 귀하다
못나도 귀하다

다시 힘을 내어
바라보는 귀한 나

누가 뭐라 해도 귀한 삶
존엄한 내가 나를 지키리라

나는 내가 좋다

지구는 나를 위해 돌고 있다고 떵떵거릴 때
나는 나를 사랑했는가

교활하고 뻔뻔하게 내 것만을 찾을 때
나는 나를 사랑했는가

세상은 그런거야 하며 나를 타이를 때
나는 나를 사랑했는가

당한 것을 갚아주며 의기양양할 때
나는 나를 사랑했는가

하나라도 더 가지려 붉은 눈 부릅뜰 때
나는 나를 사랑했는가

지구는 모두를 위해 돌고 있다고 외칠 때
나는 내가 좋아졌다

교활하고 뻔뻔했던 나를 알게 되었을 때
나는 내가 좋아졌다

세상은 그래도 나는 그렇지 않다고 말했을 때
나는 내가 좋아졌다

당한 것을 갚아주지 못해도 이해하는 마음 갖게 될 때
나는 내가 좋아졌다

하나를 더 갖지 못해도 하늘 보는 사랑의 눈 만들 때
나는 내가 좋아졌다

이제야 나는 내가 좋다
나는 내가 무조건 좋다

나의 나

너의 나에 대한 상처로 괴로워하기보다
나의 나에 대한 상처로 괴로워하고

너의 나에 대한 평가로 좌절하기보다
나의 나에 대한 평가로 좌절하고

너의 나에 대한 차가운 시선으로 두려워하기보다
나의 나에 대한 차가운 시선으로 두려워하고

너의 나에 대한 비수 같은 말로 쓰러지기보다
나의 나에 대한 비수 같은 말로 쓰러지는 것을

이제야 깨달은 어느 날 오후

네가 나를 사랑하느냐고 묻기보다
내가 나를 사랑하느냐고 묻는다

민감

한마디 말 속에는
수많은 잠 못 든 밤의 고민이 담겨 있다

한 번의 조심스런 눈빛 속에는
두 손 모은 간절함이 담겨 있다

한 번의 엉거주춤한 몸짓 속에도
수많은 망설임이 담겨 있다

무심코 지나쳐버린 한마디 말, 눈빛, 몸짓 속에
너의 몸부림이 있었음을 왜 몰랐는가!

한마디 말 속의 고민을
한 번의 조심스런 눈빛 속의 간절함을
한 번의 엉거주춤한 몸짓 속의 망설임을

이제는 귀 기울이리라

이유

내가 내게 묻고 싶은 건

그때 왜 그랬어가 아니라

그때에 머물러 있는

내가 멈춰진 이유이다

존귀한 나

있든 없든
많든 적든

크든 작든
좋든 나쁘든

이든 아니든
했든 못했든

기쁘든 슬프든
나는 나다

살아있기에
존귀한 나다

내 안의 꽃

쭈뼛쭈뼛 어떻게든 견디어 왔지만
미운 나
싫은 나

웅크린 내 안의 울고 있는 나
먼 곳 세상은 밝고 환해

행복한 사람은 내가 모를 모두
그렇게 닫혀버린 내 마음

어느 날 마음속 한구석에 핀 꽃
황량한 내 속에서 어떻게
한참을 주저하다 조심스레 바라본 꽃

내가 소중하다고
내가 존엄하다고
방긋 웃으며 말한다

나도 소중하니
사랑해 달라고 말한다

꺼이꺼이 울었다
기뻐서 꺼이꺼이 울었다

나의 오늘

내가 밟고 걸어간 오늘
흔적 없이 사라질 오늘

오늘은 누군가가 또 걸어갈 어느 날
그 오늘을 걸어가는 나

문득 생각하며
조심스레 내딛는 발

허투루 보내기엔 조심스런 오늘
슬픔보단 기쁨을, 불행보단 행복을

결코 이루어지지 못할 만남이라도
그 누군가를 생각하며 달아오른 흐뭇한 기쁨

나의 오늘, 미래의 어느 날
소중하게 안아보는 값진 오늘

세상에서 가장 귀한 것

세상에서 가장 귀한 것이 무엇이냐구요?
그걸 몰라서 물어요! 호호호

세상에서 가장 귀한 것은 돈, 명예, 아 그리고 건강이죠!
물론 빠뜨릴 수 없는 직업도 아주 귀하죠
사람을 직업으로 평가하거든요

그렇게 그렇게 생각했었지요
그런데 어느 날 세상에서 가장 귀한 것은 사람임을 알게 됐죠
사람은 존엄과 품위를 가진 인격체래요

돈, 명예, 직업, 건강이 가장 귀한 줄 알았는데
사람 그 자체가 가장 귀한 줄 이제야 알았어요

나는 나 자체로 가장 귀한 존재가 되었어요
너무 기뻐요. 세상에서 세상에서 가장 귀한 것은

바로 나! 바로 나래요!

아침

눈을 감고 무겁게 뒤척이는 아침
미뤄둔 과제, 두려운 만남, 싫어지는 나

서둘러야 할 시간마저 더욱 안달하게 하니
숨마저 턱턱 막혀 일어나 내뱉는 긴 한숨

반갑지 않은 아침!
곰곰이 생각해 봐도 여전히 도망치고 싶은 모든 것

문득 떠올리는 어릴 적 소풍 날 아침
두근거리며 애타게 기다리던 청명한 아침
아름답던 기억에 눈 녹듯 사라지는 무거운 아침

무엇이 그리도 힘든지
생각해 보면 그리 어려울 것도 없는데

드려다 본 거울 속 얼굴에 뭉클하며 다시금 힘을 낸다
설레이는 하루! 하루를 천 년 같이

내 나이 한 살

내 나이 한 살

저 아저씨 마흔네 살이래요!
동네 아이 비웃는 듯

나 올해 다시 태어났다오
있는 힘껏 말하고 싶지만

아직은 너무 어려
숨기고도 싶은 마음

어서어서 쑥쑥 커서
다시 태어나고도 장년이 되었다고

커다랗게 커다랗게
외치고 싶다오

마흔다섯

마흔넷이 돼서야 철이 든 삶
온 곳을 알게 되니 갈 곳도 아네

이제 한낮, 시작이란 단어는 머쓱하기만
보이지 않는 저 아늑한 끝, 어중간한 자리

나 이제 일어서리
바위를 얹은 듯 무거운 허리, 두려움에 떨리는 다리
내 가야 할 곳 알기에 이제는 일어서리

그리곤 뛰어가리
묵은 체증 털어버리듯 무아지경으로 뛰어가리

따뜻한 손 내밀던 수많은 사람들
온 정성으로 여물어 나 또한 돌아보리

시간이 되면 변함없이 서산으로 지는 해

늦었지만 잘했다고 칭찬하며

그 어느 날 단정하게 정리하리

행복

살얼음판 같은 행복
조심조심 걸어도 깨져버리는

저 멀리에만 있는 행복
우두커니 바라보며 한숨만

너무 쉽게 찾아온 행복
그것은 행복이 아니다
곧 사라져버릴 신기루 같은 행복
그것은 행복일리 없다

기다려도 기다려도 오지 않는 행복
행복은 그렇게도 귀한 손님

왠지 모르게 눈물이 주르르
고개를 떨구며 바라본 내 발등

행복은 내 발 앞에 있었네

행복이 내 안에 있데요

소중한 물건을 잃어버렸다
하루 종일 억울하고 분하고 슬프기도 하였다
잊으려 해도 잊으려 해도 솟구치는 분노, 자책

돈이 그랬고 명예가 그랬고 건강이 그랬다
날카로운 때로는 둔탁한 말이 그랬다

땅속으로 빠져 들어가는 나
힘겹게 한숨만 들이킨다

이제 내게 무엇이 남았나
아무것도 남은 것이 없는가?

불현듯 떠오른 가슴 속 저 깊은 곳 행복이란 두 글자
이런 나도 행복할 수 있을까?

한줄기 생명호흡만 있다면
의연히 있는 내 안의 행복

돈, 명예, 건강조차도 넘볼 수 없는 철옹성
놓지만 않으면 잃을 수도 뺏길 수도 없는 행복

그 놀라운 행복이 내 안에 있다니
믿어지지 않지만 이제는 믿겠습니다

변함

변한 줄 알았는데
한참을 지났다 생각했는데

내 속 깊고 깊은 곳
꼭꼭 숨겨진 그 무엇이

툭 하고 튀어나왔다

한참 지나고
또 한참 지나서야

결국 제자리였던가!
변할 수 없는 것인가!

무너져버린 발버둥

또 한참이 지나고

떨군 고개 밑 희미하게 보이는
반 발자국 내디딘 발

변하지 않았더라도
변함으로 내디딘 내 모습

다시금 고개 들어
새로운 희망을 본다

병원에서 맞이한 아침

아침
아침
아침이 왔다!

어제도 아침이 왔고 내일도 아침이
오리라 믿건만
오늘 아침이 더더욱 반가운 것은

살갗으로 스며드는 청결한 새벽공기가
삶의 옷깃을 여미게 하기 때문이다

소름 돋을 만큼 반가운 아침
가슴 한가득 아침의 생기를 들이키며
오늘 나에게 주어진 하루를 감사히
맞이한다

등불

사람의 몸속 활활 타는 등불
몸속 어디에서 타오르는가

등불이 탈 때 환한 얼굴
등불이 꺼졌을 때 어두운 얼굴

부와 권세는 등불의 연료인가!
그런데 왜 얼굴이 환하지 않나!

두 눈에 이글거리는 분노의 등불
검은 얼굴 붉은 눈

천진난만한 어린아이의 밝디밝은 얼굴
깡충깡충 뛰는 어린아이의 얼굴에 있는 싱싱한 등불

순수하고 깨끗한 마음
참으로 맑은 등불이 있는 곳

나도

왜
나만!

그렇구나!
나도

현재(現在)

쉴 새 없이 다가오는 현재는 현재인가
현재라 생각하면 이미 과거가 아닌가

사람과의 만남, 직면한 과제, 예상치 못한 상황
현재는 셀 수 없는 감정(感情)의 씨앗을 뿌린다

기쁨, 슬픔, 사랑, 즐거움, 고통, 분노, 감사는
섬광처럼 나타나지만 어느새 과거가 빼앗아 간다

과거가 빼앗지 못하는 현재는 없다
계속되는 현재의 감정도 어느덧 과거인 것이다

지난 과거에 굳이 연연해 하지 말자
기뻐할 틈도 없이 현재는 과거가 되었듯이
슬픔도 이미 지난 과거인 것이다

빛처럼 다가오는 현재를 그 현재를
늘 새로운 마음으로 맞이하자

오늘

얽히고 얽힌 삶 속에서
옴짝달싹 못 하고

꽉 막힌 무거운 가슴 속
답답해도 늘 그렇게

저 너머 세상 끝
애태우며 바라보면

기다리고 바라던 것 손에 잡힐 텐가!

내일 오늘을 후회한다면
내일에게 오늘은 무엇인가?

오늘 그리도 갖고 싶던 휘황찬란할 훈장들이
내일도 여전히 반짝일까!

깊은 묵상에 잠기어도

여전히 침묵하는 오늘

왜일까

참으로 질기다
후두둑 후두둑 한 움큼씩 뽑아내도

죽어라 밟고 또 밟아도
사방팔방 무성하게 자라

마음의 창문마저 덮어버리는
너 교만

조심조심 애지중지
정성스런 다짐과 다짐에도

아차 하며 떠올리면
숨이 끊어진 듯 앙상한 몰골
너 겸손

겸손아! 겸손아! 잡초처럼 자라렴
교만아! 교만아! 깜박 잊었을 땐 확 시들어 버리렴

그때도 있었다

기뻐할 수 없을 때에
기쁨으로 치장한 사치를 부리고 싶다

슬픔과 고통 속에서 꼼짝달싹할 수 없는 때에
태양처럼 기쁨이 떠오르길 바라고 싶다

방바닥에 누워 꺼이꺼이 우는 때에
기쁨의 폭포 아래 있길 바라고 싶다

그토록 바라는 기쁨은 어디에 있는가
쩍쩍 갈라진 마음 위로 언제나 단비가 오려는가

오랜 시간이 지난 후에야만
그때도 기쁨이 있었다고 말할 수 있는가

머릿속 채우기

채울 것이 파도처럼 쉬지 않고 밀려온다
보고 읽고 배운 것 담고 또 담는다

담고 부어도 차지 않는 머릿속
커다란 동굴 속 어딘가에서 까마득한 소리만 들린다

나이를 먹으면 달라지겠지
90살 어르신도 어림없단다

측량할 수 없는 머릿속 크기
끝도 없는 우주도 담긴다니 말 다했지

그럼에도 오늘도 담는다
채워감이 기쁘기 때문이다

얼마나 찼으려나
빠끔히 머릿속 저편 들여다본다

알면서도 빙긋 웃는다

어디서 오는가

한낮 무더위 헤치고 한 줄기 청량한 바람 어디서 오는가

축져진 무기력 속에서 해보겠다는 의지는 어디서 오는가

불현듯 솟구치는 내 안의 힘 어디서 오는가

울다가도 웃을 힘 어디서 오는가

그렇다

그제도 그랬다
어제도 그랬다

오늘도 그렇지
내일도 그렇겠지

모레도 그럴 것이다
그렇지 뭐

아니라고?

人生의 방

뜻하든 뜻하지 않든 나에게 주어진 방
64억 키로 떨어진 곳에서 본 지구는 점보다도 작다던데

아무리 작은 방이라도 큰 것 아닌가
조그만 방에서 일어날 일 얼마나 많겠나

미친 듯이 날뛰고 고래고래 소리 질러 보아도
무심코 시간은 지나가고

조금만 떨어진 곳에서 내 방이 보인다면
훈수 두듯 너무나 쉽게 보일 모든 것들이

눈에 보이지 않으니 손에 잡히지 않으니
허둥대며 허우적거리기만 한다

땀 흘리며 일하고 가족의 얼굴 보며 웃는 것도 몇 날이겠나
어느새 人生의 방문이 닫힌다

감사

잊으면 사라지는 감사
기어코 찾아내야 다시 나타나는 감사

생각의 통로를 거쳐 입술로 터져 나온 감사
귓가에 울리는 감사의 소리
얼굴로 퍼지고 손과 발을 움직인다

한 번의 감사가 부른 두 번의 감사
미소와 웃음도 머무른다

말에 생기를 입히는 감사
감사의 말은 벽을 허물고
치유와 위로의 전령사가 된다

돌고 돌아 다시 온 감사는
기쁨과 함께 왔다

갈 길

무언가 잘 모르겠는데
이유 없이 터진 눈물

몸부림치며 달려왔지만
방향 없이 헤매던 삶

지난날이 서럽지도 않은데
서럽게 흐르는 눈물

어느 곳에 있는지
어디에 서 있는지

걸어가는 이 길의
갈 길이 보였기 때문인가!

결코 쉬운 길이 아닐지라도
두렵지 않을 용기가 나니
기쁨의 눈물이 난다

거울

웃는다
우리 집 개도 웃는다

째려본다
옆 차 운전자도 째려본다

올려다본다
앞사람도 뭔가 하고 올려다본다

우리 집 개가 웃는다
나도 웃는다

옆 차 운전자가 째려본다
나도 째려본다

앞사람이 올려다본다
나도 뭔가 하고 올려다본다

세상은 거울인가!

웃자

젊을 때 웃자
건강할 때 웃자

겨울이 오기 전에 웃자
슬픔이 오기 전에 웃자

밤하늘의 별을 세며 웃자
파도치는 바다 보며 웃자

활짝 웃자
활짝 웃자

고난이 와도
고통이 와도

원 없이 웃었기에
웃을 줄 알기에

웃음은 다시
나를 웃게 한다

증명사진

거울 속에 비친 매일의 모습
뚫어지게 마주하는 순간

변해버린 누구, 꺾여져 버린 누구
초심의 초심을 기억하는 마주함

스스로 다짐하는 참다운 정신
엷은 미소, 비장한 눈빛

어느 날 찍은 증명사진
너무나 다른 얼굴, 너무나 생소한 모습

분명 똑바로 걸어간 길
들켜버린 자기 합리화

사진 속의 주인공은 누구인가?

어느 날 불쑥

어느 날 불쑥 어른이 되었다
언제인지도 모르게 불쑥

어느 날 불쑥 철이 들었다
언제인지도 모르게 불쑥

어느 날 불쑥 사람이 보였다
나만 있는 줄 알았는데

어느 날 불쑥
무엇인들 못 올까

만남도 이별도
어느 날 불쑥

어느 날 불쑥
나에게도 찾아올 그 날

안녕하세요

아침에 오르는 산
뜨문뜨문 마주치는 등산객

안녕하세요!
머리에서만 맴도는 말

이번에는 이번에는 하면서
우물쭈물하다 삼켜버리는 말

사방으로 퍼져 나가는 매미 소리
시원시원히 지저귀는 새들

못 박힌 듯 **뻣뻣한** 목
그러니 소리가 나오겠나!

고개를 숙이며 내뱉는 한 마디
안녕하세요!

누군지도 모를 이에게 보내는 따뜻한 말
타인의 삶을 축복하는 단비 같은 말 한마디

쉼

쉬지 않고 헤엄치는 상어처럼
그저 걷고 또 걷는 길

같은 길을 뱅글뱅글 맴돌아도
멈추면 가라앉아 버릴 것 같은 불안함

지쳐도 지친 줄 모르고 아파도 아픈 줄 모르고
기회를 놓칠세라 번득이는 충혈된 눈

그래야 한다고 그래야 산다고
그러니 그렇게 한다

무엇을 찾는가! 무엇을 잡았는가!
힘들 땐 쉬어도 가라

우주비행사

내가 있는 이 자리는 우주비행석
답답하고 숨 막히는 지금 가만히 눈을 감는다

두 팔을 활짝 벌리고 손바닥을 쫙 펴라
나는 초속 200킬로미터로 우주를 비행한다

우주복이 없어도 산소마스크가 없어도
손을 이리저리 저으며 더 빠르게 날아간다

어디에 있든 나는 우주비행사

힘들고 지칠 때마다
나는 다시 자유롭게 우주를 향해 떠난다

방관

알고도 모른 척
보고도 못 본 척

들어도 못 들은 척
외면하는 차가운 이성

귀찮아서 지나친
두려워서 지나친

또렷한 과거와 현재
그리고 미래

언젠가 간절할 때에
내 차가운 손 생각할까?

순간

무료한 일상 평범한 매일
귀하는 잠시 후 무슨 일이 일어날지 아는가!

무덤덤한 이 순간이 살아 있는 기적이라면
피식하고 웃을 것인가!

언제고 덮칠 그 순간이 보인다면
뺨을 얻어맞은 듯 정신이 번쩍 들리라

어떤 상황에서도 그 순간을 대비하라

마음껏 기뻐하고 감사하는 것은
그 순간을 지혜롭게 대비하는 것

PART 2

나 와   가 족

아빠

아빠!
아빠!
아빠!

우리
계속
손 흔들고 있었는데

못 봤어?

아빠가 되다

아빠!
아빠!
아빠!

아빠라고 부르는 소리에야 아빠가 된 나

아빠!
아빠!
아빠!

너 기다리고 있었구나!
오늘 잘 지냈지?

아빠!
아빠!
아빠!

그래 나 여기 있다!
그리고 언제나 여기 있을게!

아내

우리 아내 예쁜 아내 어디서 왔나!

철부지 아이 보며 애태운 답답한 가슴
서러워 눈물로 지새웠을 수많은 밤

우리 아내 예쁜 아내 어디서 왔나!

참 많이도 아팠겠지
왜 그리도 바보같이 기다렸는가!

우리 아내 예쁜 아내 어디서 왔나!

약지도 못하고 멋도 못 내고
때로는 변덕도 부리지만 한결같은 마음

우리 아내 예쁜 아내 어디서 왔나!

이제야 깨달은 당신의 마음

이제는 들어온 당신의 얼굴

아내는 바쁘다

아내는 바쁘다 늘 바쁘다

햇볕 한가득 담으려 말리는 이불
햇볕냄새 맡으라며 보채는 저녁

아내는 바쁘다 늘 바쁘다

총총걸음 걸으며 집으로 오다가도
예쁜 옷 앞에 멈추곤 떠올리는 딸의 얼굴

아내는 바쁘다 늘 바쁘다

매운 고춧가루 흠뻑 흠뻑 묻히며 담그는 김치
맛있다는 한마디에 또다시 다짐하는 손맛

아내는 바쁘다 늘 바쁘다

헝클어진 머리 빗지 못해도, 부드럽던 손 거칠어져도
가족이 행복하길 바라는 한결같은 마음

피곤에 지쳐 잠든 모습 물끄러미 보다가
가슴 속 솟구치는 고맙다는 말

아랑곳없이 희생하며 내주는 그 사랑에
사랑한단 말 한마디보다 방을 쓸며 감사하는

어느 이른 아침

여보

여보!
누구를 그렇게 부르겠습니까!

사랑합니다!

님

님을 생각하면

뜬 듯 감은 듯 눈은 반달이 되고
양옆으로 쭉 찢어올린 입은 내려오질 않는다

님을 생각하면

어깨는 덩실덩실, 흥얼흥얼 콧노래가
꽉 막혔던 혈관이 뚫어진 듯 온몸에 생기가 도네

님을 생각하면

섣달 동치미를 벌컥벌컥 마신 듯
북한산 계곡 물에 발을 담근 듯

님아!

당신이 있어 행복하다

감사한 아내

환한 웃음이 밝다
따뜻한 마음이 곱다

한결같은 시선이 예쁘다
귀를 기울여 들어주니 기쁘다

두 팔 벌려 안아주니 포근하다
늘 따뜻하게 반겨주니 정겹다

철부지를 끌어안고
기다리고 또 기다리며
넘어진 손 잡아주는

당신!
감사해요

중2

태풍도 무섭고
에볼라도 무섭고

메르스는 더 무섭고
IS는 아! 숨이 막힌다

다들 무시무시한 중2라는데…
왜 이리도 무섭지

꼭 움켜쥔 스마트폰
조심스럽게 전진!

엄마

엄마! 응!
이리와 봐

엄마! 왜!
나 좀 봐봐

엄마! 나 화장실!
빨리 나와

엄마! 응! 왜!
그냥 불러봤어

엄마! 어!
나랑 천년만년 살자

그럼
그래야지

함께

함께 생각하고
함께 얘기하고

함께 웃고
함께 먹고

함께 노래하고
함께 박수치고

함께 걷고
함께 나누고

함께 언제까지나 함께
함께라서 참 좋다

추억

지리산자락 어느 숙소
작디작은 소파에 앉은 우리 셋

커다란 베란다 창문 활짝 열고
올려다본 맑은 밤하늘

겹겹이 이불 둘둘 말고
소곤소곤 나누던 이야기

호기심 많은 눈망울에
살포시 나타나는 별들 또 별들

그러고 보니 밤하늘은 별천지
두고두고 봐도 신기한 저 밤하늘

연거푸 탄성 자아내는
흥분된 딸의 목소리

차가운 바람 스미어

더욱 짜릿한 우리만의 추억

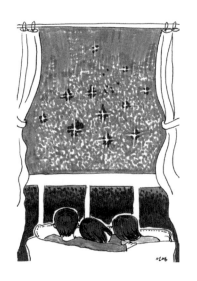

어느 날 저녁

배가 고픈 이른 저녁
헐레벌떡 도착한 집

입맛 다시며 밥 달라는 개
흥! 하고 무시하며 아내를 찾지만

덩그런 집
뻥 뚫린 집

초조하게 달려간 부엌
매정한 냉장고, 냉랭한 밥솥

코끝의 찡함이 눈물샘까지 연결될 때

저만치 살짝 보이는 빵
갑작스레 고이는 침 꿀꺽 삼키며

한 입 힘차게 물었는데
딱딱하게 말라비틀어진 빵

여보!
여보!
마음속 내리는 폭포 같은 눈물

어릴 적 엄마 찾듯 아이가 되어가는
어느 중년의 어느 날 저녁

엄마의 가방

엄마 등에 달린 가방
그 가방은 보물 상자

엄마와 출근하고 엄마와 퇴근한 가방
엄마가 돌아올 때
내 눈은 가방을 보았고 내 손은 저울이 되었다

한여름!
가방 안 도시락통
걸쭉하게 녹은 아이스크림 나를 보며 웃었다
한 모금 꿀꺽!

가방이 묵직한 날
가장 밑에 자리 잡은 상한 과일
썩은 부분 도려내고도 맛있던 과일

가방이 불룩할 땐
무거운 가방 건네는 가벼운 손
엄마도 나도 함박웃음

가방이 홀쭉할 땐
내 손을 뿌리치던 미안한 얼굴
왠지 울고 싶던 쓸쓸한 순간

엄마 등에 달린 가방
간절하게 기다리던 내 눈과 손

엄마 등에 달린 가방
그리운 그 가방

계란말이

어릴 적 가끔
밥상 위 노란 계란말이

아버지 어머니는
계란말이가 싫었던가 보다

신 김치가 좋다던 부모님
어른 되면 입맛도 변하나 보다

노란 계란말이
어린이의 진수성찬

어느덧 부모님 나이
변함없이 맛있는 계란말이

가난했던 저녁 밥상
이제야 알게 된 부모님 마음

PART 3

일 상   속 에 서

추수한 논

가지런히 줄지어서
상고머리한 너

지난가을 치렁치렁 날리던
아름답던 황금 머리

실바람이라도 불어주면
더욱 빛나던 너

그렇게도 그렇게도 황금색 물들이려
애원하던 그 여름

잘 빠졌다며 기뻐하던 모습 선한데
물들인 그 아름답던 머리
다 어디 갔니?

어느 봄날 오후

파란 하늘 따뜻한 햇살 갓 피어난 봄꽃들
보기만 해도 좋은 어느 봄날 오후

황홀하게 펼쳐진 벚나무 꽃길
그 아래 걷는 기쁨과 감탄

와아! 하며 탄성 자아내는 사람들
저마다 찰칵찰칵! 순간을 영원히 간직하는 모습

가슴 속에도 피어나는 행복의 꽃
문득 떠오른 얼굴

만개한 벚꽃나무 보다 더
살짝 물든 분홍빛 벚꽃 잎보다 더

아름다운 그 모습에
싱긋하고 미소 짓는 어느 봄날 오후

비 오는 날

우산 위로 떨어지는 소나기
후드득 따닥따닥 쏴아~

온 세상이 깨 볶는 참기름집
어느새 바람과 함께 파도 소리

온통 펼쳐진 비나라
서핑하듯 빗길을 가르며 달리는 자동차

풋풋한 비내음이 충만한 거리
처벅처벅 소리 내며 걸어가는 빗길

하늘

하늘은 바다
큰 고래 큰 가오리가 무리를 지어
저녁노을 물드는 곳으로 향하는 곳

하늘은 시냇물
실개천 흐르듯 한 줄기 물결이 끝없이 흐르고
사뿐사뿐 건널 돌다리도 있네

하늘은 도시
큰 기둥의 웅장한 성과 건물이
위엄있게 지어진 거대한 도시

하늘은 숲
울퉁불퉁한 듯 잘 정돈된 울창한 숲
그리고 작은 오솔길

하늘은 도화지

누군가 그린 듯 그리다 만듯한데

아름답다는 말조차 부끄러운 황홀함

기차 밖 풍경

눈동자 위를 살살 훑으며
지나가는 기차 밖 풍경

멀리서는 우직하게
가까이서는 수줍게

눈동자 위를 스키 타듯
지나가는 기차 밖 풍경

갑자기 들이닥친 터널

그냥 그렇게 지나간 풍경이
눈을 감으니 그리워진다

난꽃

지난 5월 내 방에 온 화사한 난꽃
이쁘게도 보았고 무심코도 보았고

볼 때마다 넉살 좋게 활짝 웃는 모습
어느덧 내 안에 들어온 너

긴긴 주말 드디어 지난 월요일에도
변함없이 환한 얼굴, 반갑게 찬찬히 바라본다

7월의 마지막 어느 아침
노랗게 변해버린 줄기에 애처롭게 매달린 너

그 밝던 얼굴마저 가리고 애타게 기다렸나
움츠린 꽃봉오리 쓰다듬으며 '고맙다!'

가슴 속 솟구치는 이별의 슬픔
짧은 만남 속 피어난 友情

키 작은 장미꽃 나무

지난봄 마당 한 편에 심어진 키 작은 장미꽃 나무

빛바랜 초록색 잎
가지런하지 못한 품새

처음 가졌던 너의 꽃망울이 떨어질 즈음
너는 더 이상 장미나무가 아닌
잡초가 되었다

처음부터 볼품없던 너
솎아내려고 몇 번이고 다짐했지

긴 가뭄과 장마가 지나고
8月의 한 여름날 아침

세 송이 꽃망울을 터트린
너를 보았네

빛바랜 잎새, 볼품없는 품새
그러나 너무나 아름다운
세 송이 장미꽃을 피웠구나!

미풍에 흔들리며
나를 향해 미소 짓는 듯

정말 수고했다! 정말 미안하다!
아름다운 꽃아!

우리 집 감나무

갓 네 살 된 우리 집 감나무
훌쩍 커서 지붕 끝에 닿은 가지

지난봄 셀 수 없이 많던 감 꽃
두근두근 첫 수확에 터질 듯한 가슴

날마다 날마다 떨어지는 감
손꼽아 기다리던 마음도 툭

한낮 더위 가을바람 쓸어가는 어느 오후
초록 잎사귀 옆 노랗게 익어가는 감

스치듯 보았다가 다시 보는 묵묵한 모습
가슴 속 다시 피는 떨어졌던 희망의 꽃

붉게 붉게 물들어
따뜻한 두 손 위에 살포시 안겨주렴

추석

구름 낀 파란 하늘
가을 햇볕이 따가운 여느 일요일 한낮인데

엄마! 엄마! 하며 대문 두드리는 소리가 정겹고
골목길 가득 메운 자동차에도 넉넉한 마음

전봇대 위 까치가 큰 소리로 큰 소리로 울어대면
두 귀를 쫑긋 세워 그리운 발자국 소리 기다린다

여기서 저기서 지붕 위로 솟구치는
하하하하 호호호호

온 동네에 충만한 포근한 마음
나도 모르게 미소 짓는 흐뭇한 하루

속에 담긴 추석

오랜만에 눌러보는 전화번호 속에
새 옷으로 한껏 뽐낸 거울 속 모습 속에

찬찬히 그려보는 그리운 얼굴 속에
애타게 달려가는 마음속에

힘들다. 오지 마라! 아쉬움 속에
저 왔어요! 떨리는 목소리 속에

정갈하게 준비한 흰 봉투 속에
어머니 손맛 담긴 한상차림 속에

지겹게도 반복되는 지난날 이야기 속에
그래도 꽃피는 이야기꽃 속에

크디큰 보름달 속에
잠들기 전 소곤소곤 끝 모를 대화 속에

이 모든 것 그려보는 마음속에
정겹고 풍성한 추석이 담겼네!

부침개

비가 오는 날이면
생각나는 부침개

소나기 내리면
더욱 생각나는 부침개

프라이팬 위에서
쏴아 후드득 툭 툭

하얀 김 휘감은 갓 지진 부침
어머니가 입안에 쏙 넣어주면

그 손끝 고소한 내음
빗소리와 함께 버무려져

비가 오는 날이면
간절히 생각나는 부침개

졸업

기나긴 시간이었나

속 태우던 시험공부
애타게 기다리던 성적 공시

졸린 눈 비비며 하나둘 쌓은 공부
보이지 않던 그 무엇인가 보일 때

짜릿하게 맛보던 배움의 쾌감
새벽녘처럼 나타나는 삶의 變化

학사모에 졸업가운 두 손에 화사한 꽃다발
가족과 함께 함박웃음

기념사진 한 컷에 순간처럼 담기는
결단, 좌절, 인내, 용기, 희망의 시간들

새롭게 기다리는 또 다른 출발

심호흡 고르며 내일의 나를 오늘 바라본다

11월

11월!
유난히 눈에 들어오는 달력 속 숫자들

12일은 이번 달 카드금액 마감일
잘 참아야지!

은근히 마음 설레는 13일
그제야 시작된 새달

25일 월급날!
붐비기 시작하는 통장
새벽 1시인데 줄 서 있는 카드회사

감사한 월급 통장으로 들어오기 무섭게
여기서 저기서 한 움큼씩

그래도 그래도
한 움큼은 양가 부모님 손에

가장 풍성할 25일인데 왜 이리 허전한지
돈이 뒤틀어놓은 달력

새해

새해라고 꼭 한 살만 먹으란 법 있나요?
떡국 세 그릇이면 세 살 더
떡국 안 먹으면 그대로
구차하게 빼달란 말 안 할게요

새해라고 꼭 새로운 계획 세워야 하나요?
작년에 세웠던 계획은요
10년째 안 지켜지는 계획은요
또 또 세우면 반칙인가요?

새해라고 꼭 새로워지나요?
새 옷에 새 신발
목욕도 하고 머리도 깎았는데
여전히 내 모습 그대로네요

새해는 왜 새해인가요?

아!

나이 먹기 쑥스러워 떡국 탓하는 날

슬그머니 지난 계획 다시 세우기 좋은 날

새 옷 새 구두 장만하여 치장하기 딱 좋은 날이군요

연필을 깎으며

자주 쓰는 색연필
앞 끝이 닳아 새롭게 깎아준다

색연필을 깎으니
어린 시절 연필 깎던 모습이 떠오른다

조심스레 정성껏 깎아보지만
삐뚤삐뚤했던 나의 연필

기계로 둥글둥글 멋지게 깎아 놓은
같은 반 아이의 연필이 부러웠다

어떤 때는 손을 베어
손에서 빨간 피가 솟아났다

연필을 깎으니
어린 시절 내 모습이 정겹게 떠오른다

색연필 끝이 빨리 닳았으면 좋겠다
또 다른 어린 시절 내 모습이 그립다

길을 걷다가

낯설다!
결혼식장 옆 장례식장

같은 거리 늘어선 차들
장례식장으로 향하는 무거운 차들

재촉하는 발걸음

갑자기 꽃밭에 들어선 듯
화사한 한복 물결

분홍색 드레스 입은 아이의
호기심 어린 눈망울

느려지는 발걸음

삶과 죽음 모두 삶의 일부인데
애써 외면하려는 마음

삶에 질문을 던지는
갑작스런 낯설음

하나

얼굴도 모르는 70억 사람
말도 통하지 않는 수십억 사람
만난 적도 만날 필요도 없는데
왜 하나가 되어야 하나?

기어이 하나 되라는데
70억 묶을 끈 어디에 있나?
미움, 불신, 질투, 분노가 싹둑싹둑 거리며 호시탐탐
서넛도 하나 되지 못하는데 70억이 가당키나 하나
피식 헛웃음 치다 올려다본 밤하늘

보이지 않는 암흑물질로 이어진 수천억 별들
수십억 광년을 가야 만나는 거리지만
별과 별은 결국 하나 되어 있네

우주만큼 넓은 마음속 어딘가에

하나로 이어진 너와 나

70억 사람 아니 100억 사람도 거뜬히 잇는 마법의 끈

보이지 않는 끈

사랑의 끈으로 하나 된 우리

미풍

한여름 반상 위 누워
눈을 감고 기다리는 바람

잠도 솔솔 오려는데
네가 없어 조금 더 기다린다

감나무 밑 햇볕도 가렸으니
시원하게 반상 위로 불어주렴

시끄러운 매미 소리
너라도 보았는가

어느새
먼저 와 버린 낮잠

산행

산 정상으로 가는 길
숨소리만 들으며 혼자서 오르는 길

문득 눈에 띄는 돌계단
가파른 길마다 놓여진 받침

누군가 땀범벅이 되어 쌓은 돌들
돌계단과 함께 산을 오른다

산새와 나무들이 보이고 벌레 소리도 들린다
간간이 불어오는 시원한 바람에 머금은 미소

묵묵히 앞길을 밝혀주는 하늘
모든 것 넉넉하게 품은 산

혼자 오르는 산인 줄 알았는데
이 모든 것이 함께였다니

외롭지 않다

PART 4

시 와 　 미 소

낮잠

눈을 떠보니 덩그런 방
귀를 기울여봐도 눈 내린 아침처럼 조용한 방

엄마! 엄마!
대답이 없다
화가 나서 엄마하고 소리를 지른다

째깍째깍 시계 소리
쿵쾅쿵쾅 심장 소리
애타게 기다리는 그리운 대답

넋 나간 사람처럼 엄마를 찾아 나선다
그동안 잘못한 일들이 떠오른다
엄마 말 잘 들을게 하며 지난 일을 후회도 해본다
엄마는 영영 떠나버린 것일까?

갑자기 일어났니! 하며 혜성처럼 나타난 엄마
반갑기도 하고, 서럽기도 하고 이윽고 터져버린 울음

소풍 가는 날

가만히 눈감은 채 귀부터 기울이는 이른 아침
아련하게 들리는 새들의 지저귐

분명 날은 맑고 어머니 곁에는
김밥이 쌓여가고 있을게다

이제야 진정되는 심장고동소리
머리맡 소풍 가방을 힐끔

김밥을 썰며 나를 향해 웃고 있는 어머니
코끝으로 전해지는 향긋한 참기름 내음

김밥 꼭다리 맛이 입안 가득 퍼질 때
소풍은 떼놓은 당상이 된다

시계

자다가도 벌떡 일어나 확인하는 얼굴
행여라도 안 보이면 정신마저 번쩍

오늘도 수십 번 만났는데
자기 전에 한 번 일어나자마자 또 한 번

나를 웃기도 울게도 만드는 너
너를 보며 마른 침을 삼키기도 했고
너를 보며 감격의 눈물도 흘렸다

너에게 집착하는 내가 싫어
혼자 산에도 가 보았다

새록새록 떠오르는 얼굴
초조해지는 마음
네가 보고 싶어 발걸음도 빨라진다

지난날 너는 나의 시작을 맞이했지
그리고 나의 끝도 지켜보겠지

질기고도 질긴 인연이구나!

홈쇼핑

갑자기 마주친 천생연분같이
한눈에 사로잡힌 내 눈과 마음

기막히게 좋은 너!

이리 봐도 내 것인 듯 저리 봐도 내 것인 듯
놓치면 영영 떠나갈 듯

시간 없다, 시간 없다 재촉하니
시커멓게 타들어 가는 욕정 같은 마음

그래도 다시금 마음 잡아보나
시간 없다, 시간 없다 소리 점점 커져가네

영원한 순간

참다 터진 기침
머리가 띵

온몸으로 참는 하품
눈물이 글썽

방귀 소리 뽕
오싹한 등짝

방심한 사이 꺼억
뜨거워지는 뺨

모른 척 해보지만
모두가 알고 있네

아침의 소리

소리 없이 찾아온 아침
어둠이 빛으로 교차될 즈음 아침의 소리

두두두두두 오토바이 소리
대문 앞에 툭 하고 떨어지는 신문지 소리
제각각으로 울리기 시작하는 휴대폰 자명종 소리

저 멀리서도 들려오는 새들의 지저귐 소리

탁탁탁 탁탁탁 사방에서 들려오는 도마 소리
치이익 치이익 경쟁하듯 김을 뿜어내는 전기밥솥 소리
타랑 타랑 밥그릇에 부딪히는 숟가락 소리

똑깍 똑깍 버스정류장으로 걸어가는 구두 소리
부르릉 자동차 출발하는 소리

삶의 경쾌한 소리
희망을 준비하는 아침의 소리

소리 없이 찾아온 아침을 분주한 소리가 맞이한다

셀카봉

이토록 소중한 손
꼭 움켜진 너

세상 어디라도
나와 함께 가자

나는 너를 본다
너도 나를 본다

천만 번 보아도
활짝 웃는 얼굴

흔적도 없이 사라져버릴 순간
너와 함께 애타게 붙잡는다

오이지

뙤약볕 맞으며 그려보는 상상
보란 듯 자라 청아한 오이소박이로
마요네즈 흠뻑 묻힌 우아한 샐러드로

뚝, 뚝, 사각사각 입안 가득 담겨질 그 날
미소 지으며 그려보는 함박웃음

쭉쭉 뻗어 보기 좋던 친구들 모두 가고
굽은 등 뒤척이며 올려다본 하늘

버려지듯 자루에 담겨져도 그려보는 소박한 꿈
상큼한 모습으로 반갑게 맞아야지

펄펄 끓는 소금물에 사라진 풋풋함
돌 아래 짓이겨져 산산조각 부서진 꿈

죽을 만큼 쥐어 짜여서야 겨우 오른 식탁
쪼그라질대로 쪼그라진 아련한 그 여름날

악이 받쳤다
씹히는 그 순간 이윽고 외치는 아악! 아악! 아악!
우직하게 귓가를 때리는 마지막 절규

맛있다! 맛있다! 들려오는 감탄사
커져가는 웃음소리, 웃음소리 이윽고 함박웃음

아! 나는 오이지였구나!

바람

집도 없고 몸도 없는 바람은 성질만 있다

어머니 손길처럼 황금빛 들녘 낱알들을 돌볼 때는 언제고
성난 장사처럼 잘 익은 열매들은 왜 쳐서 떨어뜨리는가!

언제는 내 볼을 살랑살랑 만지다가
갑자기 따귀를 때려 얼얼하기도 하다

어젯밤 창문은 네가 세차게 두드렸니
가로수 나무를 뽑아버리기도 했구나

이제는 화난 듯 대문을 세차게 두드리니
나는 대답도 하지 않으련다

잠깐의 행복

깨울 사람 없으니 원 없이 자다 일어나
중천에 뜬 해를 보며 기지개를 켜고

주섬주섬 옷을 입고 배를 채우러 간다
시계도 안 보고 천천히 천천히 씹는 늦은 아침의 맛

문득 떠오르는 지난날 추억들
미소 짓는 얼굴 화끈거리는 얼굴

이번 역은 동대문 운동장 동대문 운동장
눈을 감고 그려본 잠깐의 행복이 일어날 시간

옴짝달싹 못 하는 출근길 지하철이지만
오늘도 기분 좋게 넉넉한 아침과 식사도 하였다

시를 쓴다는 것

시를 쓰는 것은 활쏘기입니다
날아가는 시를 맞추어 떨어뜨립니다

시를 쓰는 것은 잠복근무입니다
시가 올 만한 곳에 숨죽이고 기다리다 잽싸게 잡습니다

시를 쓰는 것은 낚시입니다
밤이 새도록 무작정 기다려 봅니다

시를 쓰는 것은 반가운 손님맞이입니다
시가 오시면 자다가도 벌떡 일어납니다

시를 쓰는 것은 요리입니다
갖가지 시의 재료를 정성껏 다듬어 시 한상을 만들어 냅니다

시를 쓰는 것은 찰나를 알아보는 것입니다
시인가 아닌가 생각하면 이미 시는 떠나버립니다

시를 쓰는 것은 고독도 즐기는 것입니다

혼자만의 시간도 마냥 즐거우면 시가 어느새 와 있습니다

어린이

힘이 넘친다
모든 것이 신기하다

뭐든지 된다
대통령도 장군도 요리사도

망토를 걸치면 하늘 위로 날아간다
주먹에선 광선이 나온다

무엇이든 신 난다
무엇이든 재미난다

세상은 내 것이다
나를 위해 존재한다

딱 한 가지 무서운 게 있다
엄마의 화난 얼굴

개 꼬리

살랑살랑 흔들 때 좋은 것
빙글빙글 돌릴 때 기쁜 것

뻣뻣이 세울 때 화내는 것
둥글게 말릴 때 무서운 것

가만히 있을 때 덤덤한 것
힘없이 늘어질 때 슬픈 것

다가오는 반가운 발자국에
휭휭 꼬리에서 바람 소리 난다

상추야 고마워

상추를 키워요
상추를 먹으러 진딧물이 와요

진딧물을 먹으러 개미가 와요
개미를 먹으러 거미가 와요

거미를 먹으러 닭이 와요
닭을 먹으러 살쾡이가 와요

살쾡이를 먹으러 호랑이가 와요
어흥! 상추야 고마워

옆집 개

옆집 개는 나만 보면 짖어요
으르렁 왈 왈

조심조심 발끝으로 지나가도
으르렁 왈 왈

나도 화가 나서 혼내 주었어요
으르렁 왈 왈

어느 날 웃어보았어요 나야 나 활짝
으르렁 왈 왈

매일 환하게 웃으며 나야 나 활짝
오늘은 짖지 않고 이상하게 쳐다봐요
으르렁 으르렁

그래도 웃어 줄래요

나야 나 또 활짝

숨바꼭질

허둥지둥 비집고 들어간 장롱 속
터질듯한 웃음

성큼성큼 살금살금 다가오는 소리
게 눈 감추듯 오므리는 발꼬락

멀어지는 발소리
마른침 꿀꺽 삼키며 귀를 빼꼼

이름까지 부르며 다시 다가오는 소리
숨을 참을수록 더욱 쿵쾅이는 가슴

거미집

거미야 거미야 어딨니!
바람이 다니는 길에 있어요

거미야 거미야 어딨니!
바람이 머무는 곳에 있어요

거미야 거미야 어딨니!
바람과 이야기하고 있어요

거미야 거미야 어딨니!
바람에게 살짝 물어보세요

자기 정체성을 찾아

박이도(朴利道)

—1

금년 여름은 우리나라 기상관측이래 백여 년 만의 기록상 최고의 혹독한 폭염이었다. 자연재해에 해당하는 기상 이변이다.

이 같은 계절적 폭염 속에 박기훈 시인이 시집을 준비하느라 파김치가 되었다고 말한다. 폭염 탓에 신작을 짓거나 그간의 작품을 다시 읽으며 정리하는 일에 정신이 몽롱해졌을 것이다.

박 시인의 시적 理想은 자기 정체성의 탐구이다. 상당수의 시편들이 '나'를 대상화한 존재 意義를 시의 언어로 표상하고 있다. 한 시인이 탄생하는 데는 자가류의 발상,

표상, 어법, 시의 언어 따위가 자신도 의식하지 못하는 사이에 발생하게 된다.

시인이 쓰는 시의 언어는 시인 개개인의 특유의 시어(詩語)와 어법을 갖게 된다.

박기훈의 첫 시집 《나는 내가 좋다》에 수록된 시편들은 크게 두 부류로 나누어 볼 수 있다. 그 하나가 자아 탐구이다. '나'라는 실존자를 여러 차원에서 귀납(歸納)해 보는 형식(논리)을 취한다. 또 하나는 사실적으로 엮어낸 이야기를 담은 서정시 편들이다.

　- 1

지구는 모두를 위해 돌고 있다고 외칠 때
나는 내가 좋아졌다

교활하고 뻔뻔했던 나를 알게 되었을 때
나는 내가 좋아졌다

세상은 그래도 나는 그렇지 않다고 말했을 때
나는 내가 좋아졌다

당한 것을 갚아주지 못해도 이해하는 마음 갖게 될 때

나는 내가 좋아졌다

- '나는 내가 좋다'의 부분

인간이 자신이 어떤 존재인지에 대한 의문을 갖는 것은 인간만이 갖게 되는 질문이다. 자신의 존재를 확인하려면 결국 자신의 정체를 확인해 보는 수밖에 없을 것이다. 인간은 사회적, 상대적 관계에서만 삶을 영위할 수 있는 것이라면 정체성을 확인하는 길, 그러한 관계에서부터 실마리를 풀어갈 수 있을 것이다.

앞에 인용한 시 '나는 내가 좋다'는 바로 그런 의문에 대한 비교론적 표상이라고 볼 수 있다. '뻔뻔한 나를 알게 되었을 때' 시적 화자는 자신의 갖고 있던 인성(人性)과 성미(性味)의 부정적인 면을 각성하고 있다. 이것은 내적인 스스로의 각성을 확인한 것이다. 또 '세상은 그래도 나는 그렇지 않다고 말했을 때' 자신의 정체성으로 존재감을 토로했다는 자긍심을 나타내는 것이기도 하다.

타자와의 쟁론을 통한 자신을 존재감, 위치감을 인지할 수 있다면 그것은 합리적 사고, 긍정적 사고의 건강한 사유체계를 갖고 있는 것이다.

이 시집에서는 시인의 자기실현 의지가 여러 시편에서 드러난다.

거울 속에 비친 너와 나

너는 내가 될 수 없고 나는 네가 될 수 없다 –1)

너의 마음에는 우리가 있고/나의 마음에는 내가 있었

다 –2)

내가 너이고 네가 나이다

너의 모습이 나의 모습이고 나의 모습이 너의 모습이

다 –3)

– '너와 나'의 부분

　여기에서 시인은 자신의 정체성을 의심한다. 반복되는 일상에의 회의(懷疑)하고 혼란스러운 사회적 가치관, 미래의 불확실성 따위에 갈등하고 드디어 자아 상실의 함정에 빠지게 된다. 자아 상실이라 함은 자기 정체성에 대한 회의가 증폭되는 것을 의미한다. 예컨대 지금 나의 존재는 어떤 존재인지 무엇을 목표로 삼고 살아가고 있는가? 따위에서 자괴감을 느끼는 것이다.

　'거울 속에 비친 너와 나～'라는 이율배반적인 인식에서 진정한 나는 어느 쪽인가를 자문(自問)하고 있는 것이다. 거울 속에 비친 '너는 내가 될 수 없고 나는 네가 될 수 없다'는 인식이 '내가 너이고 네가 나이다/거울 속에 비친

너는 나이다'라는 자기 판단을 얻는다. 스스로 주체적인
나(자아)를 발견하고 인식한 것이다.

툭 던져진 씨앗이 뿌리를 내려
무성하게 자라듯

마음에 뿌려진 말 한마디
깊이깊이 파고들어

어느새 생각과 사지(四肢)를 움켜쥐고
그 말대로 생각하고 그 말대로 움직인다

어쩌면 무심코 던진 말일지 모르는
잊어도 벌써 잊혀질 말 한마디가

또렷한 사진이 되고
지친 몸을 이끄는 날개로 변한다

민들레 홀씨처럼 가벼운 말 한마디일지라도
살아서 움직일 말 한마디

조심스럽게 정성스럽게

곰곰이 빚어야 할 말 한마디.

– '한마디 말' 전문

이 작품에서는 '어떤 나'인가를 자문하고 있다. 인간을, 말하는 영적 존재라고 할 때 그의 말들은 그의 이념적 이성에 힘입어 나타나게 된다. 이 작품은 존재론적인 차원에서 볼 때 말의 생명력을 통해 영향력을 행사한다. 화자의 대역(代役)으로 등장시킨 것이다.

누군가 나에게 던진 말 한마디가 내 마음속에 씨앗처럼 뿌려져 자란다는 것은 자신이 특정 사안(事案)에 대한 사리판단의 동기가 되는 되었다는 뜻이다. 이성적 사유에 의해 발아(發芽)하는 스스로의 정체성을 전지적 시점에서 보여주는 것이다.

'마음에 뿌려진 말 한마디'. 이 말은 시적 주체가 된다. 생각하고 말하는 존재 즉 영혼의 살아있는 주체적인 발언을 대신해 주는 것이다. 니체는 그의 '언어'라는 시를 통해 언어의 생명성을 표현한 것이 있다. 이 가운데 '언어는 언제나 생생한 생물체로서/때로는 앓고, 때로는 낫

는다/언어의 작은 생명이 죽으려 할 때/너는 그것을 가볍게, 부드럽게 붙잡아야 하며/~/악에 찬 시선을 던지기만 해도 그것은 죽는다/죽은 언어는 추악한 것이다.'라고 말해지는 언어의 생명성을 강조하고 있다. 즉 한 영혼의 생각에 따라 상대에게 살리(긍정)거나 죽이는(부정) 결과를 낳을 수 있다는 것이다.

박 시인은 이 작품 후반에서 '~말 한마디 일지라도 살아서 움직일 말 한마디//조심스럽게 정성스럽게/곰곰이 빚어야 할 말 한마디'라고 해서 시인의 주체적인 판단의 조심성을 말하고 있다. 긍정적인 사유는 긍정적인 언술행위를 낳고 스스로를 존귀하게 여기며 자아실현에의 자긍심을 갖는 것이라는 믿음이 담겨있는 것이다. 이 같은 말에의 주술성에 관한 해석이 니체의 시 '언어'와 같은 점이 있기에 인용해 본 것이다.

말하지 않았다/말하지 않아도 알았다/~/
영원처럼 느껴지는 침묵/새까만 적막만이 산처럼 누른다

—'훈계시간'에서

아픔과 상처로 넘어지고/또 넘어져 모든 것 잃은 듯
(첫 연)

우리 아기 어디서 왔나!/~/

생글생글 웃고 있는/엄마의 환한 얼굴//

착한 아기! 귀한 아기!

누가 뭐라 해도 귀한 삶/존엄한 내가 나를 지키리라
(마지막 연)

― '귀한 나'에서

'훈계의 시간'은 자기 각성의 작품이다. 자신에게 참회와 각성의 메시지를 받는 계기로 삼고 있다. 어떤 잘못이나 실수를 했을 때 받는 훈계를 거부감 없이 순응하는 정신 상태를 침묵으로 참회하는 건강한 정서이다. '귀한 나'는 혼란스러운 세파 속에서도 무한 사랑의 모정의 절대성 앞에 자신의 탄생에 대한 존귀함을 스스로 발견하고 있다. 자신의 존재의의를 깨닫는 것은 유의미(有意味)한 생을 영위하고 있음을 보여주는 것이기도 하다.

― 2

가지런히 줄 지어서

상고머리한 너

지난가을 치렁치렁 날리던
아름답던 황금 머리

실바람이라도 불어주면
더욱 빛나던 너

그렇게도 그렇게도 황금색 물들이려
애원하던 그 여름

잘 빠졌다며 기뻐하던 모습 선한데
물들인 그 아름답던 머리
다 어디 갔니?

- '추수한 논' 전문

　서정시의 아름다움이 잘 배어나는 작품이다. 모를 심
고 추수할 때까지 들녘에 세시기를 사실적인 묘사로 감
상자의 정서를 가볍고 부드럽게 자극한다. 마치 가는 봄
비가 얼굴을 간질일 때의 상그레한 촉감 같은 것, 아주
미미하지만, 기분을 고양(高揚)시키는 것 같은 부드러운

어휘집이 된 것이다.

'~치렁치렁 날리던 아름답던 황금 머리'는

봄여름 비와 햇빛 그리고 때때로 불어오는 바람의 요술에 따라 키가 자라고 이삭이 패는 사이에 가을을 맞는 벼의 일생을 상기하게 하고 그려보게 된다. 그 벼들의 고개 숙인 황금 머리를 바라보는 시인의 마음은 아마 최고의 자연풍경을 감상하고 있는 것이리라. 직접 농사를 지은 농부에게는 수확하는 기대심리가 더 앞설 것이고 어르신네들은 세월의 무상함을 되씹을 것이다.

'~그 아름답던 머리/다 어디 갔니?'

이 작품의 끝은 허무와 황망함에 아쉬운 시적 화자의 표정이다. 서정시에 감성을 유발하는 즉흥적인 인식은 시공을 넘나드는 유동적인 사실성에 기인하는 것이다. 그렇다면 이 종결하는 시구(詩句)는 세월의 흐름에 따른 만감이 교차하는 것 아쉬운 세월을 불러 보고 있는 것이 아니겠는가.

두두두두두 오토바이 소리
~툭 떨어지는 신문지 소리

~휴대폰 자명종 소리

저 멀리서도 들려오는 새들의 지저귐 소리

탁탁탁 탁탁탁 사방에서 들려오는 도마 소리
치이익 치이익 ~김을 뿜어내는 전기밥솥 소리
타랑타랑 밥그릇에 부딪히는 숟가락 소리

똑각 똑각 버스정류장으로 걸어가는 구두 소리
부르릉 자동차 출발하는 소리

삶의 경쾌한 소리
희망을 준비하는 아침의 소리

　　　　　　　　　　　　　　－ '아침의 소리'에서

　도시 생활, 문명사회의 일상을 압축한 것이다. 서정
시의 원류가 되는 정조(情調)는 전원풍의 멜로디를 연
상하게 되는데 이 작품의 무대는 도시 속에서 살아가
는 일상을 노래한다.

'두두두두두(오토바이 소리)'. '~(툭)신문지 떨어지는 소리', '휴대폰 자명종 소리'. 이 소리들은 바깥에서 들을 수 있는 소리들이다.

'탁탁탁 탁탁탁(부엌에서 들리는 칼)도마 소리', '치이익 치이익~전기밥솥 소리', '타랑타랑 밥그릇에 부딪히는 숟가락 소리' 등은 집집이 아침식사를 준비하고 먹을 때에 들을 수 있는 소리들이다. 난타 공연장에 앉아 있는 착각을 하게 된다.

'~걸어가는 구두 소리', '부르릉 자동차 출발하는 소리'는 아침 근무지로 출근하는 모습이다. 소리로 엮어낸 도시생활의 일상적 리듬이다.

우리는 도시에서 보고 들을 수 있는 대기오염이나 소음 따위에 시달려왔다. 그런데 이 작품 속의 화자는 희망찬 아침, 건강하고 즐거운 멜로디를 연상하는 정조를 부상(浮上)시킨다.

꽃밭에 비가 와요/꽃들이 몸을 흔들며 웃고 있어요

메마른 땅에 비가 와요/쩍쩍 벌어진 땅이 입을 벌린 것 같아요

내 마음에 비가 와요/그런데 그런데 슬퍼요
                                    – '내 마음에 비'의 전반부

박 시인의 자연의 관찰기이다. 꽃이 피고 지는 풍경, 목
타는 대지의 가뭄을 직시하는 데서 받는 마음 졸임을 '내
마음에 비가 와요/그런데 슬퍼요'라고 괴로움을 상징화한
다. 인간주의적인 세계관이 여기에서도 엿볼 수 있다.

'집도 없고 몸도 없는 바람은 성질만 있다'로 시작되는
'바람'에서도 사실주의적 기법을 잘살려 낸다. 작품의 전
개가 매우 감각적이다. '언제는 내 볼을 살랑살랑 만지다
가 /갑자기 따귀를 때려 얼얼하기도 하다.' 그때그때 불어
오는 바람의 성향을 적절히 묘사한다. 그러면서도 마지
막 연에서는 '이제는 화난 듯 대문을 세차게 두드리니/나
는 대답도 하지 않으련다'고 하며 화자 즉 시인의 자의식
을 표명하는 것이다.

이처럼 박 시인이 추구하는 자기 정체성을 탐구하는
시적 패턴이 나름대로 정례화(定例化)되어 있음을 알 수
있다.

뙤약볕 맞으며 그려보는 상상

보란 듯 자라 청아한 오이소박이로
마요네즈 흠뻑 묻힌 우아한 샐러드로

뚝, 뚝, 사각사각 입안 가득 담겨질 그 날
미소 지으며 그려 보는 함박웃음 (중략)

펄펄 끓는 소금물에 사라진 풋풋함
돌 아래 짓이겨져 산산조각 부서진 꿈

죽을 만큼 쥐여 짜여서야 겨우 오른 식탁
쪼그라질대로 쪼그라진 아련한 그 여름날

악이 바쳤다
씹히는 그 순간 이윽고 외치는 아악! 아악! 아악!
우직하게 귓가를 때리는 마지막 절규

맛있다! 맛있다! 들려오는 감탄사
커져가는 웃음소리, 웃음소리 이윽고 함박웃음

아! 나는 오이지였구나!

– '오이지'에서

오이를 소재로 한 잘 짜여진 구성이다. 박 시인은 오이가 자라고 최후에 우리 식탁에 올라 먹는 과정을 맛깔나는 이야기로 풀어낸다. 여성성의 소재를 일인칭으로 내세우고 시의 결구에선 '아! 나는 오이지였구나!'라고 감탄사를 발한다. 이 역시 자기실현의 의지를 오이지를 비유해 표상한 가작이다. 이처럼 사실적으로 형상화(形像化)해낸 것이다. 입담이 대단하다.

이 같은 계열의 소재가 된 작품으로는 '부침개', '상추야 고마워' 등 여러 편이 더 있다.

독일 시인 칼 붓세의 '산 너머 저 쪽'을 연상시키는 시 한 편을 감상하며 발문을 맺는다.

살얼음판 같은 행복
조심조심 걸어도 깨져버리는

저 멀리에만 있는 행복
우두커니 바라보며 한숨만

너무 쉽게 찾아온 행복
그것은 행복이 아니다

곧 사라져버릴 신기루 같은 행복
그것은 행복일리 없다

기다려도 기다려도 오지 않는 행복
행복은 그렇게도 귀한 손님

왠지 모르게 눈물이 주르르
고개를 떨구며 바라본 내 발등

행복은 내 발 앞에 있었네.

– '행복' 전문